다음에

산지니시인선 010

다음에

조성범 시집

산지니

| 시인의 말 하나 |

맞다. 틀렸다.

잘했다. 못했다.

그렇게 구분지어 살아도 모르겠다

몰라서 시를 쓰는데

더 모르겠다

| 차례 |

제2부

제3부

제4부

제 1 부

탄생

둥치는
기둥이 되고 대들보가 되고
숭고한 관이 되기도 한다
새와 바람 해와 달의 관계보다
우리와 더 가까운 나무의 소원은
어쩌면 사람이 되어 보는 것인지도 모른다
나뭇가지에 숱한 이름을 붙였다는 도장방 주인
고정대를 돌려가며 목도장에 이름을 새긴다
새로 싹이 틀까 열매를 맺을까
조각칼을 댈 때마다 산통을 참는
산모의 이갈이 같은 소리가 난다
훗! 훗! 몇 번의 호흡을 불어넣고
탯줄을 끊듯 고정대에서 목도장을 뺀다
그래, 세상은 거꾸로 시작하는 것이지
신기한 것이지 그래서 울지
혈통 같은 인주를 묻혀
꾹! 첫 족적을 남긴다

다음에

나의 다음은
다음이라는 말로 살아가는
잘나지 못한 사람
모질지 못한 사람
다음이 와도 또 다음을 말할 수밖에 없는
그런 사람과의 동행이다
지켜야지
다음이 새날처럼 돌아와도
놓치고 기다리다
놓치고 기다리다 늙어버린
아버지의 다음을 기억해야지
다음에 꼭 갚겠습니다
다음에 꼭!
결국 갚지 못할 삶의 빚을
노래해야지

무엇을 보았기에

과일을 깎을 때면
칼등으로 과일을 툭! 치던 어머니
습관인 줄 알았다
무슨 연유인지 가르쳐 주지도 않고
돌아가셨는데 누가 이런 말을 한다
겨울잠에서 막 깬 동물은 죽이지 마라
막 자란 초목은 꺾지 마라
자기 발에 밟히지 않게
지팡이로 미물을 깨우던 한 스님의 도까지
그리고 칼등으로 과일을 기절시킨다는
거짓말 같은 이야기를 한다
내 어머니,
무엇을 보았기에
이마를 툭! 쳐 내 앞니를 뽑듯
사과를 대했을까

박 바가지

꿈이 작아졌다면
아마 나이가 많을 겁니다
지금은 보기 힘든 초가지붕이,
그 위에 열린 몇 덩이 박이,
내 가슴에 열립니다

박은 초가지붕이 제격이지요
넝쿨이 마르기 시작하면
박은 반쪽으로 살아갈 준비를 합니다

속을 비우고 반이 됩니다
반이라 그런지 무엇을 퍼도 꽉 찹니다

압니다
하얀 박꽃을 피우던 어머니의 꿈은
박 바가지에 보리쌀이 철철 넘치는
겨우 그 정도였습니다

어머니와 된장

어머니를 여의면 장맛도 잃는다
찾다 보면 엄마와 꼭 닮은 이모가 끓인 된장이
비슷한 맛을 내긴 해도 다르다

우유와 젖 맛이 달라도
다른 줄 모르고 우유를 먹는 아이,
모유를 먹지 못한 설움보다
젖을 뗄 때 설움이 더 커 우는 아이,

살다 보면 잃은 것이 간절해질 때가 있다
젖을 뗄 때보다 더 큰 울음을 삼켜도
세상 어디에도 없는 어머니
세상 어디에도 없는 맛

사과꽃을 따며

쇠 지지대에 기댄 사과나무
가지에 촘촘히 붙은 사과꽃을 따며
굵게 크는 법을 가르쳤다
한 꽃자리를 뺏어야 더 클 수 있다는
사람의 방법과 비슷한 일을
과수원에서 해가 기울도록 했다
가르친 만큼 크게 열리겠지,
그러자면 평생 지지대를
지팡이로 써야 한다고 일러도 주었다
크고 많이라는 과제 앞에
사과꽃이 비바람에 순리로 떨어지고
배춧만 한 사과가 박명의 시간을 스스로
땅으로 돌릴 때 둥치는 쇠보다 강해져
굵고 단단한 사과가
가지에 부러울 만큼 열린다고
어느 누구도 말하지 않았다

벽과 벽지

맞춰보라는 면접관의 질문에
매번 통하지 않는 답을 한다

벽은 어떤 것입니까?
- 우리를 갈라놓는 곳입니다
- 아니 난관입니다

사방이 꽉 막힌 단칸방
궁전의 의미, 꽃밭의 의미,
퇴색한 의미의 벽지를 뜯어내고
아침에 날려 보낸 새가
태양을 물고 돌아오는 벽지를 바른다
벽은 보이지 않는다

다시 면접관이 묻는다
벽은 어떤 것입니까?
- 현실과 이상을 바꾸는 곳입니다
- 원하는 것으로 채우는

나만의 여백입니다

면접관이 뒤를 가르킨다
벽이 환하게 열린다

추수

그냥 굽어지는 게 아니다
허리가 휘도록 김매기를 하고
논바닥이 툭툭 터져야 굽는다

서로가 서로를 닮는 시간
찬바람이 일자 마른 논바닥에서
구부러진 등과 등이 곱사춤을 춘다

- 아재요! 아재요,
우리 먹여 살린다고 애썼지럴요, 이리 오소
이 춤 끝나거든 막걸리 한 사발 나누고
준대로 걷어 가소

하늘과 땅의 순리로 굽어진 아버지의 등줄기
어쩌다 등을 긁어드리면
잘 여문 나락이 도르르 흘렀다

"자, 이제 베어 쓰거라"

억새밭 사물놀이

줄기마다 전립을 쓰고
비나리 짝두름 오채질굿
한바탕 놀아보자
절정이다 상모를 돌리면
간월재 억새평원 백발이 눈부시다
탁한 일은 잊어라 이 한마당이 시작이다
복 있어라 놀이패 기원으로
잘 살아라 우리네 마음으로
훨훨 괭괭 씨앗이 날면
천년도 그대로 만년도 그대로
호호백발 내 산야 얼이 되어
비나리 짝두름 오채질굿
또 한번 놀아보자

다가가기

새를 부른다 "쭙 쭈삐쭈삐"
땅콩 몇 조각을 쥔 손바닥을 펴면
쪼르릉 한 조각 물어 가고
또 한 조각 입에 물고 기다리면
곤줄박이 제 부리의 온기를 사람에게 준다
맨 처음 사람일 적 모습만 보여줘도
저렇게 통하는 걸까?
어떻게 새가 사람에게 오는지,
매일 오는 새인지, 구별은 되는지
새를 부르는 사람에게 물었다
"여러 번, 여러 번 하다 보면…" 그 말에
단 한 번의 이유로 담을 쌓은 내 단절의 가슴에
여러 번, 여러 번 사람과 새를 담았다
나무도 단 한 번의 변화로
붉거나 푸르지 않는다며
새 혀만 한 싹을 쏙쏙 내민다

흙의 힘

화가 난다
쉽게 가라앉지 않는다

지리산 반야봉
흙 한 주먹 먹어본다
금방 삭는다

한으로 꽉 찬 아버지
통째로 봉분을 삼켰다
잘 삭아 납작하다

삭으면 꽃도 피는지
누룩치 제비꽃 큰앵초 곱다

노인과 허수아비

장기를 두는 두 노인
허수아비처럼 장고에 든다
훈수꾼이 뱁새처럼 모여 쪼아댄다
궁지에 몰린 노인이 버럭 소리를 지른다
잠시 잠잠하더니 다시 중얼중얼
쫓아도 소용없다

해가 기울어야 훈수꾼은 돌아가고
다시 혼자가 되고 마는 노인
속이 후련할 것 같지만
실은 새떼가 극성을 부리는 아침을
날마다 기다린다

가을 논에 홀로 선 허수아비
소맷자락 펄럭이며 새를 쫓아보지만
새에게는 너무 익숙해
아예 머리 위에까지 앉는다

새 쫓을 궁리는 허사
같이 논다

잃어버린 마음

강아지에게 우산을 씌운다
마주 보고 쪼그리고 앉아 눈을 맞춘다
아이는 무엇을 본 것일까
난 무엇을 보았어도 저럴 수 없다는 사실에
혼자 쓴 우산을 본다
내가 잃어버린 하나가 얼마나 그리운지
발길이 떨어지지 않는다

묻기에

누구에게 물었다
산으로 가보라고 한다
오솔길을 따라 산을 오르는데
세상 다 이겨도 풀만은 이길 수 없다는
어느 농부의 말이 생각났다
풀숲도 여러 번 밟으면 길이 되는
그래서 사람의 발길이 더
매섭다는 말도 떠올랐다
기어이 육십령을 넘는 과거길
먼저 산을 넘은 사람과
따라 산을 넘은 사람이 낸 길을 걸으며
얼마 만에 길이 되었을까
나의 길을 되돌아본다
타고 넘은 자리, 막혀 되돌아간 자리,
그 길 엉겅퀴 까마중 뚝새풀만 얽혀

누가 묻기에
산으로 가보라고 했다

틈

큰 것이 들어갈 수 없는,
작은 것이어야 한다는,
그런 조건이라면
틈은 분명 특별한 곳이다

금이 간 콘크리트 바닥
좁쌀만 한 씨앗이 웅크리고 있다
틈에서 틈을 찾는 시련에도
기어코 꽃잎을 피워낸다

어서 오시게, 여기도 틈이라네
누구나 큰 것을 꿈꾸는
지상 최대의 틈이라네
작은 몸부림이 즐비한
세상 틈바구니라네

달동네

내 집이 옆집에 붙어 있고
옆집이 뒷집에 붙어 있다
떨어져 살 수 없는 마음들이 모여
마을을 이루었다
길은 좁고 여러 갈래지만 걸음은 곧다
그 길, 웃음소리도 들리고
고함소리도 들리고
가끔 소쩍새 울음 같은 탄식도 들린다
긴 겨울을 날 때면
맞벽으로 서로 온기를 나누고
저 골목에서 어이! 하고 부르면
이 골목에서 와! 하고 대답하는
그런 만만한 이웃이
꾸불꾸불 기대고 산다

윤달

수의 한 벌을 마련했다
늙은 어머니를 위한다고 한 일이
되레 몹쓸 짓을 한 것 같다

생의 끝이라도

활어를 파는 남해 집
고무통에 담긴 붕장어 도다리 우럭
포기가 익숙해지면
모두 저렇게 순순해지는 걸까
홍정이 되기도 전에
물위를 틀며 나오는 붕장어 한 마리
바다와 통하는 길을 보았는지
잡아넣으면 나오고 또 나온다
두 번 세 번의 시도에도 끝내
작은 물구멍을 빠져나가지 못한 채
제 뱃살만 긁는다
저항이 클수록 싱싱하다
먼저 사람의 눈길이 닿고 도마에 오른다
목을 쳐 껍질을 벗겨도
바다로 향한 꿈은 살아 있다
슷! 슷! 칼날이 지나가고 마지막 부분
그래도 힘이 남았다고
바르르 떨며 서는 꼬리

제 2 부

구분이 될까요

고사리 개고사리
옻나무 개옻나무
둘을 구분지어 개자를 붙인다

여기도 그런 게 많지
나, 너, 그리고 그 선한 아버지에 이르러

그래도 진짜 사람답게 살아야지

산동네 언덕배기
개고사리 도르르 순을 말고
개옻나무 똑같이 단풍 든다

"여긴 가건물이 많죠"
"모르겠어요, 어디로 가야 할지…"

저기 섞여 살면
구분이 될까요

가오리연

생선을 말리기 위해 쳐 놓은 줄에 가오리
배에 댓살을 끼우고 흔들흔들 자세를 잡아 본다

하늘을 날기 위해 댓살로 뼈대를 만들고 몸통에 꼬리도 단다. 더 멀리, 더 높이 날고 싶어 얼레를 풀면 길목에 나뭇가지, 전깃줄.

모험은 죽음을 동반한다. 건어물전 가오리, 전깃줄에 가오리연. 가오리보다 더 가오리 같은 연을 날리며 잠시 바다에 든다

난, 가오리!
비로소 죽음도 초월하고 창공으로 솟는
난! 가오리
몇몇 죽음을 목격하고 가오리연
바다를 헤치듯 꼬리를 쳐 방향을 튼다
걸려도 좋다

돌아보기

1.
동광초등학교 앞에서 사 온
나만 한 병아리 세 마리
그날 밤 암탉처럼 병아리를 품고
옛날도 모르면서 옛날이야기를 해줍니다
"옛날에, 옛날에, 병아리 세 마리와 내가 살았는데…"
그러다 깜박 잠이 듭니다
아침에 일어나 보니 병아리 세 마리가 납작해졌습니다
죽었는데 웃고 있습니다
그 모습이 너무 슬퍼 울며 자반뒤집기를 합니다
부모님은 웃다가 달래다가 결국 화를 냅니다
화가 난 아버지는 내 책가방에
병아리 세 마리를 넣어줍니다
"그게 그렇게 소중하면…" 이라는 말과 함께

2.
초등학교 5학년이 되었습니다

학교 앞에서 병아리 일곱 마리를 삽니다
노란 어깨에 하얀 날개깃이 생기자 나보다 더 까붑니다
병아리는 방에서 쫓겨 집 뒤 장독간으로 갑니다
땅바닥에 헌옷을 깔고 얼키설키 닭장을 지어
서로 떨어져 사는 법을 배웁니다
오늘은 모이를 주러 갔는데 두 마리가 죽어 있습니다
쥐나 족제비에게 물려 죽었을 거라고 합니다
또 웁니다. 그 후 몇 번의 울음이 더 있었습니다
대부분의 병아리는 꾸벅꾸벅 졸다 죽었습니다
소중해도 그럴 수 있다는 걸 알았습니다

3.
다행히 남은 두 마리는 큰 닭이 되었습니다
수탉이고 암탉입니다. 장독간에 활기가 넘칩니다
새벽에는 수탉이 울고 알을 낳고 암탉이 웁니다
암탉이 알을 품고 수탉이 지키면 꼭 사람 같습니다
학교만 마치면 곧장 닭장으로 갑니다

수탉이 없습니다. 못 봤느냐고 엄마에게 물었더니
모른다고 합니다
"꼬꼬" "꼬꼬" 한참을 불러도 오지 않습니다
기다려도 그럴 수 있다는 걸 알았습니다

4.
그런 일을 잊을 만하게 되자 이번에는
알을 낳고 울던 암탉 소리가 들리지 않습니다
가봤더니 따뜻한 알이 다섯 개나 있습니다
'곧 오겠지…' 하지만 오지 않습니다
아차! 싶어 엄마에게 묻습니다. 또 모른다고 합니다
자꾸 묻습니다 결국 이런 말을 합니다
"인아 아버지가 아파 약한다고 하기에 주었다"
이럴 수가! 이럴 수가!
우리 엄마가 이럴 수가…
믿어도 그럴 수 있다는 걸 알았습니다

5.

어른이 되었습니다
유독 약한 것에 강합니다
사정을 봐주면 내가 당합니다
그런 다짐에 불쑥 그때가 묻습니다
'그렇게 소중하면'이라는 말이 옳은지
과거는 돌아가는 곳입니다
그곳에는 그럴 수도 있다는 일들이
고스란히 남아 있습니다
병아리 세 마리를 삽니다
가슴에 품습니다 "옛날에, 옛날에…"
아! 비로소 돌아오려는 기미
아버지!
아버지는 그때 실수를 했습니다
냉혹한 세상을 미리 가르쳐 주셨습니다
아니, 옳습니다
그래야 돌아보며 살 테니까요

악몽

꿈이 꿈대로 되지 않기에
안도합니다

그래서

서럽다가 뭔지도 모르고
서럽게 울었다

나를 사랑한다는
내가 사랑한다는
아버지 어머니의 가르침에

슬프다를 알고 어른답게 울었다
나를 사랑한다던
내가 사랑한다던
자식들의 침묵에

아프게 울었다
마음처럼 되는 게 아니라서

다른 방법

변화로 부흥해진 마을에 갔다. 몇몇 성직자의 헌신으로 가난한 시골 마을이 명소가 되었다는 현장을 한 바퀴 돌고, 치즈 만들기 체험장에 갔다. 누린내가 물씬 뻗쳤다. 모르던 것을 알게 된다는 것은 도롱이를 불러내는 것만큼이나 흥미롭다. 치즈를 만들다 의문이 생겼다. 다들 임실 마을은 소가 은인이라고 하는데 '젖소가 늙어 젖이 나오지 않으면 어떻게 되지?' 물었다. "도축장에 보내죠." 폐차를 시킨 차 한 대의 과정이 떠올랐다.

다른 방법은 없을까? 내가 아는 늙은 젖소 한 마리 값은 겨우 쌀 두어 가마 값이고, 소 한 마리에서 뽑는 치즈 값은 얼마라고 했는데, 그런데…? 저기요! 지적장애 같은 소리지만 도축장 말고 같이 살다 죽으면 초상 어떨까요? 세상에 둘도 없는 일입니다. 파장이 클 테죠, 그날은 지축이 흔들릴 만큼 조문객이 몰려들 겁니다. 소 값이야 단번에 빼겠죠, 영화 워낭소리 한 편에도 영화관이 미어터졌거든요.

아! 그러고 보니 죽을 때까지 양육과 시설이 문제군요. 계

산이 필요하겠네요, 화장 · 매장 · 도축장. 집으로 돌아오는 길, 샛강을 낀 도로에 안개가 걷히자 젖이 마른 젖소들이 우 차에 실려 어디론가 가고 있다. 젠장! 서둘러야겠군, 워낭소리로 우리를 울린 이충렬 감독부터 만나보자.

무엇입니까

산에게 물었다
오는 건 무엇입니까
가는 건 무엇입니까

봄 여름 가을 겨울
한 번씩만 다녀가게

그날은

작은 자가 어찌 봉분을 높일까
자랑 없이 어찌 비문을 세울까
틈틈이 산에 올라 나무를 보며
피고 지는 이치를 배웠기에,
나의 스승이기에,
그날은 졸참나무 밑에 나를 묻자
죽음도 삶의 일부라면
주검을 관장하는 땅속에서 수관을 타고 올라
떨어지는 것은 모두 성스러운 것이 되고
맺는 것은 아름답다는
별과 꽃과 바람의 노래를 가지에 달자
소멸과 탄생을 축원하는 찟! 찌르르
새가 울면
내 작은 열매를 속죄로 쓰자

폐가

인적이 끊기면
곰팡이는 포자를 키운다
빈집 하나는 금세 먹어치운다
이슬과 서리만 지주로 들고
빈 공간이 우는 밤의 이야기
적막이 무섭다
고치면 문간 앞 할미꽃 허리를 펼까
피지 못한 동자꽃 동글동글 흔들까
사람이 떠난 자리
그립다 찾아들면
한밤중에 달맞이꽃 활짝 필까

과정의 끝에서

헌것에서 헌것의 정도를 본다. 수명을 다한 백년해로의 부장품과 눈물로 긁었을 양푼이, 끝은 다 이런 것이구나…, 가끔 술도 채웠을 한 되짜리 양은 주전자에서 그런 술의 위력도 없이 낡은 이상만 품고 살던 아버지를 본다. 차라리 취기라도 있었으면 헛것이라도 보았을 텐데,

파지 모양의 노인이 이 집의 정도와 저 댁의 형편을 고물상에 푼다. 사람도 저 모양이면 한 곳으로 갑니까? 이게 끝입니까?

한 과정이 끝나고 또 한 과정을 기다리는 비철, 파지. 문득 이런 생각이 든다. 알라딘의 요술램프? 왕실의 촛대? 혹은 산타의 선물용 포장지? 그래! 고물이 된다는 것, 다시 꿈이 되는 일이구나. 아! 내 아버지 그걸 낙으로 사셨구나

무엇이 되어

다른 무엇이 될 수 없어
꽃은 더 많이 예쁘고
짐승은 더 많이 운다

다른 무엇이 되고 싶어
혼자 계수나무 꽃을 피우다가
어느 날 낙타를 몰았다

제 것으로 더 많이 곱지 못하고
제 것으로 더 많이 울지 못하고
길 위에서 나를 부렸다

다른 무엇이 될 수 없어
명정을 덮고
꽃을 받고 울음을 받는다

타임캡슐

가마는 타보셨나요
"아니오"
전차는 "예"

차 비행기 기차 배는 압니까
"아니오"
우주선은 "예"

그래서 남깁니다
3021년 1월 1일 여시오

〈어느 별에서〉
우주선은 타보셨나요
"아니오"
빛은 "예"

저건 어디에 쓰였을까요?
타면 떠난 날만 남는 상여, 만장

죽는 걸 아시나요
"아니오"

지구에는 남기려는 게 많죠
죽는 게 있기 때문이죠
저 장막을 젖혀 보세요

공간이동

아! 이런 게 있었군요,
시간

계보

잇는다
둥치에서 가지로 가지에서 잎으로

초산 어른 백수 잔치
증손자 고손자 줄줄이 절을 한다

아이들이 할아버지 곁에서
새순처럼 팔락인다

끝자리부터 풀면 제일 큰 둥치다

가지처럼 벌린 계보
곁가지 하나가 벌써 가렵다
지금 올리면 3월생이다

거스름돈

거스름돈을 받았다
오천오백 원의 돈을 간추려
지폐는 지갑에 동전은 주머니에 넣는다
몇 가지 생각이 났다 내가 받은 거스름돈이
어느 망자의 노잣돈인지,
최저 시급의 눈물인지,
죄의 삯인지…

돈이 세상에서 제일 더럽다는 그 말이
반은 맞고 반은 틀렸다고 생각했다

거슬러 받은 돈에서
찬물에 국수를 말던 작은 손이 보인다
작은 주머니만 들락거린 내 이웃이 보인다
어떻게 와서 어떻게 쓰느냐에 따라 달라진다면
지갑을 내 심장 가장 가까운 곳에 두자
왼쪽 안주머니에 넣었다

변해보기

변해보고 싶어 펌을 했다
아프리카가 되었다

한 십년 그렇게 살았더니
원래 곱슬이냐고 묻는다
그러고 보니 어느 게 진짜인지 모르겠다

펌이 풀리고
오늘은 두 귀가 보이도록 머리카락을 쳤다
쌍 물음표가 보인다
이번엔 한 번도 풀린 적 없는
답이 풀리려는지

변해본다는 건 나에 대한 물음
안 풀리면 다시 볶을 생각이다

껍질을 까며

군고구마 껍질을 벗긴다
속이 노랗다

군밤의 껍질을 깐다
속이 노랗다

타면 탈수록 두꺼워져 껍질

껍질을 까며 알았다
내 아버지의 몸이 타고
내 어머니의 가슴이 타서
우리 온전하다고

일 없는 날이 오면

언제가 일 없는 날이 오면
언제부턴가 있었던 길을 가려고 해
귀뚜라미 울음으로부터
짐승들이 다니는 길로 가다 보면
의문도 없이 곁을 주는
산 몇은 스승이 되겠지
익숙한 시간이 되면
짐승 소리와 나란히 앉아
배운 만큼 곁을 주기도 하겠지
언젠가 일 없는 날이 오면
봄아! 여름아, 가을아! 겨울아,
네 슬하에 초목이 그러하듯
내 집은 새와 벌레들의 거처
같이 먹고 같이 놀고
나에게도 이슬이 맺히는
그 길을 가려고 해

홰를 쳐!

욕심만큼 닭을 집어넣고
닭장차에 쌓은 닭장을 묶는다
철망 구멍구멍 벼슬을 떨며
버려진 까닭을 찾으려는 긴 목줄기

팔려가는 와중에도 알을 낳고
이내 꺾일 울음 붉게 토한다
'산란을 해도 그 정도면 부족해 사육은 타산이야'

먹여주고 재워주면 어디든 가서 노동을 했다
그곳에 늙고 병든 힘은 없었다
상상만이 유일한 자유였던
누이의 소원처럼 홰를 쳐! 홰를!

시동을 걸고 쿨럭쿨럭 가던 차가
한쪽으로 기울며 닭장이 쏟아진다
닭들이 홰를 치며 꽃잎처럼 난다

산벚꽃이 하얗게 흩날리던 날
피우려는 모습보다
왜! 지는 모습이 되레 자유로운지
단 몇 분의 공상!
다시 집단으로 들리는 부리 소리

제 3 부

미안했다

화가 난다
작은 돌멩이를 찼다
엄지발가락이 아닌
새끼발가락이 아프다
굴러간 돌이 하필이면
작은 꽃대를 꺾었다
꽃에게 미안하다
잠시 후 발가락 통증이 가시자
돌에게도 미안했다
이런 일이 숱했다

그때가 좋아서

주인이 시키면 시키는 대로 하는 원숭이. 색동저고리에 치마를 입은 채 자전거를 타고 버꾸를 치며 사람을 모은다. 자몽빛 손바닥으로 박수를 치면 따라 박수를 치는 사람들, 사람이 모였다 싶으면 주인은 만병통치약처럼 약 선전을 하고, 공짜 구경에 아픈 곳 낫는다니 너도 나도 약을 산다.

이게 무슨 말인지 요즘 아이들은 통 모른다. 장터도 모르고, 흙 놀이도 모르고, 스마트폰과 노는 아이들. 내가 그때 언양장터 원숭이를 들먹이는 것처럼 지금이 그런 때가 되면 아이의 아이는 도대체 이게 무슨 말인지 영문도 모를 거다.

옛날에는 짐승도 사람 같아서, 지금은 기계도 사람 같아서, 자꾸 그렇게 바뀌다 보면 이 땅이 무서워질 것만 같아서, 짐승도 사람도 한 장터에서 한 장단으로 놀던 그때가 좋더라고

반반의 가슴에

세상 부스러기를 쪼아 먹으려다
오토바이에 치인 참새 한 마리
신문팔이 소년, 환경미화원의 빗길사고
약자의 모습은 왜 자꾸 슬픈 쪽일까,
아직 온기가 남은 참새를 주워 든다
버릴까, 묻을까, 참으로 우연히 이는 고뇌
낮달보다 하얀 눈꺼풀을 보며
이런 세상도 하얗게 덮고 갈 수 있다니
마음이 환하게 열린다
길에 내버려둘 수 없어
부산예총 건너편 버스정류소 앞
큰 벚나무 아래를 팠다
날마다 울던 새와 울 줄 모르는
내 천성을 함께 묻었더니
내 반반의 가슴에 가지가 생겨
그만한 새들이 와서 수시로 운다
올해는 버찌가 유난히 까맣다

새를 끈으로

겨울철새를 따라
같이 석양을 날아 봅니다
붉지만 차가울 것이라는 생각
그런데 뜨겁습니다
가본 곳이 머문 곳이 되고 머문 곳이
다시 가고 싶은 곳이 되어
노을 따라 오고 가는 길 끊어지지 않습니다
나는 양 같기도 하나 독사 같기도 하여
영영 발길을 끊기도 합니다
철새는 왜 긴 끈 모양의 대오를 지을까요
난 왜 그 모습에 끌려갈까요
다시 잇고 싶은 겁니다
그런 바람이란
누구에게나 있는 한 가닥 끈이라서
오늘은 새를 끈으로 씁니다

두 살

저 손에 잡히면
남아나는 게 없다
끝내 물을 쏟는 어항
붕어 세 마리 콩 찧고 방아 찧고
아이는 물장구를 치며
좋아 죽는다
붕어는 숨이 차 죽을 지경
죽는다는 걸 안다면
두 살이 아니다

우리 동네 정자

"모이니까 마카 아픈 이야기만 하네"
나이가 들면 아픈 이야기도 죽는 이야기도 웃음과 섞인다

나이테를 드러내고 정자가 된 나무. 가지가 부러지며 한 바퀴, 잎을 떨구며 한 바퀴, 촘촘하고 넓은 원이 주름져 흐른다

"이거 몇 살이나 됐겠노? 한 바퀴가 일 년이면 나보다 나이가 많네, 많이도 아팠겠다. 그런데 우째 이리 튼튼하노"

생로병사야 순서인줄 알지만 아픈 이야기도, 죽는 이야기도, 자꾸 하다보면 친해지는지 나이테를 멍석처럼 깔아놓은 우리 동네 정자는 아파도 웃는다

그렇구나

이렇구나
꽃이 피면

이렇구나
꽃이 지면

그렇구나

감자꽃을 얻다

아래로만 흐르는
이상을 따라 시골로 갔다
토종은 작고 토박이는 순박해
살아갈 자신이 생겼다

작은 사람이 큰 소를 부리고
넓은 들도 사람이 다룬다
나도 따라 해보지만
소도 말을 듣지 않고
들도 말을 듣지 않는다

처음 도시를 배울 때 그랬다
사람이 사람을 다루고
큰 것이 작은 것을 부리고
그래서 내가 커야 한다고

부리고 다루고를 함께라고 할 때
들도 소도 고개를 끄덕인다

아하! 저기 하자는 대로 따라주는
대지의 응답이여
겨우 감자꽃을 얻었다

벚꽃 지는 날

질 때 춤을 추다니
갑자기 내 생이 환하다

기대어본다

행복이라는 꽃말을 지닌 콤팩타. 가늘고 둥근 몸통에 짧은 줄기가 여섯, 줄기마다 스무 잎도 넘는 잎이 한 묶음, 그 위에 또 한 묶음, 하지만 번식만 가지고 꽃말을 알기에는 무언가 부족하다.

작은 용기에 물을 담아 신우대처럼 생긴 나무줄기를 꽂았다. 하얀 뿌리가 내린다. 창백한 뿌리에서 어떤 과정의 끝이 보인다. 경이롭지만 썩으며 죽어가는 양파가 생각났다. 콤팩타가 있는 화분에 심는다면…, 화분에 심었지만 물의 근성 탓인지 웃자라 자꾸 한쪽으로 기운다. 줄기를 콤팩타 여섯 줄기 사이에 기대게 했다.

곁에서 줄기를 늘어뜨린 돈나무도, 벤자민도, 따라 풍란 옆으로 기운다. 그러자 죽기를 잘하는 난에 새 촉이 튼다. 거뭇거뭇 앓던 콤팩타의 잎도, 웃자라 쓰러지던 신우대 같은 줄기도 단단해진다.

저 푸른 혼성을 본다. 내 것과 네 것이 다르다고 어깨 한번 내어주지 않던 혼자를 본다. 작은 물병에서 뿌리를 내리는 양파처럼 근원도 없는 내 이상을 본다. 내가 기댈 곳이 아니라던 내 이웃의 푸른 가슴을 본다. 기대어본다

나를 찾듯

보이는 것에서
보이지 않는 것을 찾는다

다들 뭐라고 하는가

산-아버지
구름-나그네
대지-어머니

울산바위가 동해에서 왔다기에
처음에는 웃었는데
지금은 사유를 찾는다

거울 속에 비친 내가
나를 찾듯

눈, 진달래

아버지 눈으로 오시나 보다
"아직 꽃필 때 멀었나?" 혼수에도 되뇌던
그 차가운 한으로 오시나 보다

어머니 꽃으로 오시나 보다
잎도 없는 가지만 만지작만지작
그 뜨거운 사랑으로 오시나 보다

봉개 우시장 새 풀은 돋았지만
어미 소 아직도 제 새끼 찾나 보다
저것이 다 우리들 가슴에 남으라고
꽃이 되고 눈이 되고 짐승으로 우나 보다

3월에도 가끔 눈이 옵니다
저절로 탄성이 터집니다

사랑니

내 이빨은 몇 개인지
혀끝으로 하나씩 짚어보았다
32개
맨 끝자리에 이르자 있는 사람도 있고
없는 사람도 있다는 사랑니
어찌된 영문인지
나에게는 4개 다 똑바로 박혀 있다
쓸모없어 간혹 빼기도 한다는데
너무나 온전해서
행여 늘그막에 쓸 일이 있으려나
종류를 꼽아 본다
한 생각에서 딱! 혀가 멈춘다

좋겠니더

모여 남의 흉도 보다가
내 자랑도 하다가
수가 틀리는 날은 삐쳐 돌아와
도리깨 휘둘러 콩 타작하는 개동댁
그러다 콩깍지처럼 허전해지는 날은
삶은 감자 한 소쿠리 구실 삼아 마을회관으로 간다
“어째 오늘은 나올 시간이 있던교?”
“야, 아재는 편안하시지럴요?”
며칠만 못 봐도 걱정인 서로의 안부에
잘나고 못나고 다 한 식구다 싶다가도
양동댁 큰사위 자랑이 늘어지면
개동댁 자랑도 죽순처럼 내밀고 싶어
“누가 이거 한번 읽어봐 줄란교”
손녀에게 받은 손 편지를 꺼낸다
- 할머니 건강하게 오래오래 사세요
하늘만큼 땅만큼 사랑해!
사위 자랑도 천석 자랑도 이 말만은 이길 수 없어
“좋겠니더” “좋겠니더”

"우리 아지매는 참말로 좋겠니더"

비유

편백나무 빼곡한 백양산
아이들을 데리고 올랐다
여기서 제일 많이 보이는 게 뭐냐고 물었다
나무라고 한다
숫자라고 살짝 귀띔해 주었다
"1?"
"그래! 여기는 전부 1이다"
산도 최고고 나무도 최고다 했더니
자기 힘에는 너무 높고 힘들어
다음부터 절대 따라오지 않겠단다

저기 부러져 새 가지를 낸 나무
둘의 모양 셋의 모양 혹은 여럿의 모양으로
무덕무덕 꽃을 피우는데

봄

두리번거리며
바람결에 실린 향을 맡아본다
이때쯤이지
보는 것과 듣는 것과 냄새의 경험
"보입니까" "여기가 어딘지 아시겠어요"
"이름 한번 말해 보세요"
무엇을 답하려 안간힘을 쓰는
아아, 그날인 듯
간호사처럼 내 곁에선
서향나무 한 그루

제 4 부

고분군

아빠, 순장이 뭐예요?
아들아, 순장이란
네 할아버지 돌아가셨을 때
국거리가 된 소 같은 이야기란다

고삐도 멍에도 그때 다 풀리지
그럼 좋은 거예요? 아니! 그래서 없어졌어
순장을 한 고분군 덧널무덤을 보면
가자 하면 가고 서라 하면 서던
말 잘 듣던 일소가 떠올라
집안 대사를 치르고 나면 외양간에는
뼛조각 같은 짚만 남았지

무덤 속에서 그런 흔적이 보였어
나 같으면 도망이라도 쳤을 텐데

순장은 제도라기보다는 아마 순종이었지 싶어
지금도 소는 순순히 주인을 따르지만

곰곰이 생각하면

안타까운 생각 저 고분보다 커

같아진다

아이는 피자가 먹고 싶고
어른은 콩국이 먹고 싶다
피자를 먹는다

어른이 된다는 건
아이가 따라 할 수 있는
가장 쉬운 일

어른은 콩국이 먹고 싶고
아이는 피자가 먹고 싶다
피자를 먹는다

기일 날 음복을 한다
같아졌다

밥풀을 쓰며

겨울새를 생각하듯
밥그릇에 붙은 몇 알의 밥풀로
편지봉투를 붙인다

겨울을 넘겨도 닥치는 보릿고개
별일 없느냐고, 아침은 먹었냐고,
하루도 한 끼도 걱정인데
무슨 뜸은 그리 오래 도는지
편지를 보내고 답장을 기다리면
가지 끝 감이 하나씩 줄었다

밥이 귀하던 때
이 끈적한 힘으로 시대가 자라고
우리가 자라고 사랑도 자라고 눈물도 자랐다

기다림이 자라 외로움과 살 줄 아는
늙은 아버지가 된다

송장메뚜기

눈을 뜨고도 풀지 못하는
생의 의문을 더듬이로 풀고 있는 송장메뚜기

망자의 머리는 북쪽 다리는 남쪽
음지의 영혼도 죽으면 양지로 드는
여기는 세상과 반대라며
더듬이 하나를 뒤로 젖힌다

방향을 잡은 듯
묘지로 스며드는 늙은 햇살 위를
알을 싣고 날아 본 한 때의 경험으로
송장메뚜기 난다

나이를 먹지 않고는 모르는
갈색과 갈색의 조화

안동 간고등어

산사의 목어와 강 버들치가 토박이로 사는 안동 땅, 언제부터 간고등어 산지가 되었다. 그것은 친정이 바다 쪽인 부산댁이 안동 김씨 종갓집 맏며느리가 된 것이나, 안동이 고향인 사람이 뱃사람이 되어 바다를 증언하게 된 것이나 같은 일. 타관의 삶이란 산간 오지가 원산지가 된 간고등어처럼 적도 바꿔야 하는가, 하루가 멀다 하고 제수 장을 보는 오십년 종부 부산댁. 바다의 기억이 들썩일 때면 날마다 삼킨 설움이 간이 되어 종갓집 후일담이 되길 소원한다. 여덟번째 제삿날, 제상에 올린 간고등어 앞에서 갓을 쓴 제주가 축문을 읽는다.

뿌리를 품고

금정산 보광암 입구에는
서로 붙어 있는 소나무가 있다
연리목이 남녀 간의 사연이라면
큰 둥치에 작은 나무가 업힌 것을 보고
단번에 모자간인 줄 알았다
잘난 자식 멀리 가고 못난 자식 곁에 둔다고
병약한 어린 소나무 속세처럼 넘어지지 말라고
제 뿌리에 뿌리를 감았다
감긴 뿌리와 뿌리가 땅속으로 뻗는데
바로 옆 봉분에 솔잎이 소복하다
저래도 살려낼 수 있을까
천도제를 지내는 보광암 목탁소리
늙은 어머니가 절을 나선다
붙어 있는 소나무처럼 수척한 그림자가 따른다
분신 사랑 이 불멸의 말들이
찌르르 찌르르 운다

워디*

짐승을 잡아 잔치를 치르고

짐승을 잡아 장례를 치렀다

짐승으로 위로 받고 짐승으로 축원하고

…… …… ……

짐승만도 못해서는 안 되겠다

워디! 워디!

방향을 튼다

* 워디: 소의 행동이나 방향을 바꿀 때 농부가 지시하는 소리

저래야 먹고 산다

좋아도 짹짹짹

싫어도 짹짹짹

먹이는 콕콕콕

새의 입은 세상에서 제일 바쁘다

저래야 먹고 산다

운 좋은 그날처럼

손 발 얼굴 없는 마네킹에 입힌 옷 세 벌, 오늘도 그대로다. 밤이면 무서울 수도 있겠다는 생각이 들었다. 아니 더 무섭다고 느낀 것은 옷을 팔아 생계를 이어가는 싸늘한 기운.

차 한 대가 지나가자 아이의 소매가 움직인다. 영혼은 몸과 별개라면 이 동작은 무얼 뜻하는 것일까, 또 다른 차 한 대가 빠르게 지나간다. 옷 세 벌이 바람을 탄다. 아이들은 온 힘을 다해 뛴다.

아무리 발버둥 쳐도 제자리만 맴돌던 때가 있었다. 난 그 일이 저 아이들의 간절함만 같아 어서 누군가에게로 갔으면 좋겠다고 생각했다.

얼굴을 그려 보았다
분명하지는 않았지만 3살, 5살, 7살?
아직 세상을 모르는 비슷한 또래의 아이들이다.

옷가게 주인은 돈이 없든지 장사꾼 안목이 없다. 한적한 곳이라도 아이를 세우면 관심을 끌 수 있지 않을까? 라는 그런 순수였다면 기다려 보자. 옷 세 벌이 오늘도 그대로다. 마침 노란 봉고차 한 대가 지나간다. 아이들이 따라 뛴다. 다시는 돌아올 것 같지 않은 예감이 든다. 안목 없는 사람들의 운 좋은 그날처럼,

작은 가슴

산도 있다 들도 있다
강도 있고 바다도 있다
너무 커서 두고 다녀도
모두 이 작은 가슴에 있다

지리산을 넘어
평사리를 지나
섬진강을 건너 서해에 이르러
문득 노을 속으로 걸어가는 사람

사람은 아무리 작아도
크고 무겁다

샛바람 불면

세상물정 어두워도
바다 밑 훤하다는 마도 섬 노인
샛바람 불고 파도 사나우면
고기잡이에 나서지 않는다
잡히지 않을 것이라고,
아니, 잡지 않을 것이라고,
바다 사정이 그러면
물고기도 아마
그때 내 형편일 것만 같아서

악어와 악어새

구급차가 지나간다
빨간 신호에서 파란신호 길다
뒤축이 닳은 구두

먹고사는 일이
밀림의 아침처럼 다가온다
악어가 되고 싶다

입을 쩍 벌려 악어새 한 마리 들인다
시원하다 졸린다 아음!

구급차가 지나간다
빨간 신호에서 파란신호 길다
뒤축이 닳은 구두

악어새 갸우뚱
- 어차피 죽은 듯 살아갈 세상
당신은 깰 때 강해!

굉장한

연안 깊숙이 한류가 밀려들면
횡계리 농가는 명태가 낟가리로 쌓이고
대관령 구릉은 명태 밭으로 변한다
가을걷이를 마친 농부는 덕장을 짓고
통나무 말목에 싸리나무로 아가미를 꿴
명태를 걸어 풍장을 한다
눈과 바람과 햇살에 얼었다 녹았다
육신을 벼리는 담금질
한 물고기의 주검이 이처럼 굉장할 수 있다니
내가 아는 죽음과 주검
그걸 단지 생의 끝이라고 여겼다면
저 수천수만 명태 입이 하나도 일그러지지 않은 채
파안대소하며 허공 바다로 솟구쳐 오르는
이 마지막 의례를 풀지 못하기 때문이다
황태국 한 그릇에 기운을 차렸다는 아버지의 일기
그 보은의 뜻으로 고맙다 고맙다를
말목마다 걸어주었다

오월

칭얼대면 가슴을 열었다
어디서도 부끄럽지 않았다

꽃도 엄마 꽃이 되면
벌 나비 꽃잎을 들추고
잉잉 벌 보채면
들이나 마을 어귀 어디서나
꽃잎을 풀어 꽃술을 물린다

꽃이 가장 아름다울 때

길이든 들이든 옷고름을 풀어
내게 젖을 물리던 어머니의 사랑이 보여
오월 어느 길목에서
어머니! 어머니!
살며시 가슴을 여는

해설

생성하는 사물과 시적 사유
—조성범의 시세계

구모룡(문학평론가)

조성범의 시편은 사유의 과정이다. 생을 반추하고 사물의 이치를 궁구하며 일상 속에서 깨달음의 자리를 찾는다. 물론 서정이 그렇듯이 침전된 기억 속에 시적 원형이 자리한다. 가족이 있고 자연 사물이 놓여 있는 추억이 시적 자아를 추동한다. 어머니와 아버지의 회억이 유난한데 자아에 내재한 생명과 인연의 연속성을 중요하게 여기는 까닭이다.

겨울새를 생각하듯/밥그릇에 붙은 몇 알의 밥풀로/편지봉투를 붙인다//겨울을 넘겨도 닥치는 보릿고개/별일 없느냐고, 아침은 먹었냐고,/하루도 한 끼도 걱정인데/무슨 뜸은 그리 오래 도는지/편지를 보내고 답장을 기다리면/가지 끝 감이 하나씩 줄었다//밥이 귀하던 때/이 끈적한 힘으로 시대가 자라고/우리가 자라고 사랑도 자라고 눈물도 자랐다//기다림이 자라 외로움과 살 줄 아는/늙은 아버지가 된다 (「밥풀을 쓰며」 전문)

첫머리의 "겨울새"는 상징이 아니라 기억의 표상이다. 땅이 얼고 눈이 내리는 겨울에 새들은 먹이를 찾아 민가로 날아든다. 산과 들에 그들이 먹을 곡식이 거의 바닥이 난 시점이다. 이러한 시절은 가난한 사람들에게 다가올 춘궁을 대비하게 한다. 1연이 말하는 풍경처럼 밥알 몇으로 편지 봉투를 붙이는 일이 정성스러울 수밖에 없다. 편지를 부치고 편지를 기다리는 가운데 까치밥으로 남겨진 감도 사라지고 만다. 하지만 "밥이 귀하던 때"의 가난한 마음은 슬픔과 사랑과 더불어 사람을 성장시킨다. 황량한 겨울을 지나도 더 큰 시련의 봄이 기다리는 유년의 경험이지만 그 속엔 존재의 내면을 밝히는 "끈적한 힘"이 있다. 서정은 이러한 기원에서 발현한다. 마침내 결구처럼 "기다림이 자라 외로움과 살 줄 아는/늙은 아버지"가 된다. 시적 자아는 유년을 되돌아보는 마음을 통하여 기다림을 배우고 외로움을 이긴다.

조성범의 시편에서 유년의 기억은 여기저기 흔적으로 남아 있다. 가령 "과거는 돌아가는 곳입니다/그곳에는 그럴 수도 있다는 일들이/고스란히 남아 있습니다"라는 구절이 담긴 「돌아보기」는 회감(回感)이 서정의 중요한 자질일 뿐만 아니라 이것이 작동하는 시적 방식을 말한다. 이는 "아! 비로소 돌아오려는 기미/아버지!/아버지는 그때 실수를 했습니다/냉혹한 세상을 미리 가르쳐 주셨습니다/아니, 옳습니다/그래야 돌아보며 살 테니까요"라는 결구가 말하듯이 유년이 지금의 나를 돌아보게 하는 중요한 기제로 작용하고 있다. 따라서 돌아보는 행위가 심리적 퇴행이 되지 않는다. 오히려 지금의 사회적 자아(me)를 반성하는 계기가 되고 진정한 자아(I)를 생성하는 과정이 된다. 유년은 의식이 분화되지 않은 순수한 공간이다. 그 속에 부모와 어린 '나'가 있다. 이제 또 다른 부모인 '나'에게 그 시절의 추억은 회한과 행복, 상실과 자각을 동시에 가져다준다. 이와 같은 유년의 지각이 진정한 자아동일성을 추구하는 방편임에 틀림이 없다.

> 칭얼대면 가슴을 열었다/어디서도 부끄럽지 않았다//꽃도 엄마 꽃이 되면/벌 나비 꽃잎을 들추고/잉잉 벌 보채면/들이나 마을 어귀 어디서나/꽃잎을 풀어 꽃술을 물린다//꽃이 가장 아름다울 때//길이든 들이든 옷고름을 풀어/내게 젖을 물리던 어머니의 사랑이 보여/오월 어느 길목에서/어머니! 어머니!/살며시 가슴을 여는 (「오월」 전문)

벌과 나비가 찾아드는 오월의 꽃을 보면서 "젖을 물리던 어머니의 사랑"을 환기한다. 벌 나비와 꽃의 관계에 대한 기존의 통념과 다른 표현이다. 서로 다른 성이나 성애를 상징하는 언어 관습을 벗어나 시적 화자는 어린 '나'와 어머니의 관계로 전치한다. 가장 아름다운 꽃에서 어머니의 무한한 사랑을 떠올린다. 이처럼 시인은 사물로부터 유년의 흔적과 징후를 발견한다. 「추수」가 말하는 아버지의 노동은 여전한 결실의 교훈으로 남아 있고 「어머니와 된장」이 전하는 "세상 어디에도 없는 어머니/세상 어디에도 없는 맛"은 변함없이 간절한 그리움의 대상으로 기억된다. 유년의 기억은 지속의 물줄기가 되어 시인의 마음속에 흐른다. 삶의 곤란이 나타날수록 「그래서」의 진술처럼 "아버지 어머니의 가르침"은 존재를 지키는 버팀목으로 자리한다. 시인에게 아버지와 어머니는 단지 유년의 추억에 그치지 않고 생을 반추하고 삶을 반성하는 거울이다. 「과정의 끝에서」는 "한 과정이 끝나고 또 한 과정을 기다리는 비철, 파지"를 보면서 "고물이 된다는 것"이 "다시 꿈이 되는 일"임을 안다. 이 과정에서 "내 아버지가 그걸 낙으로" 살았음을 깨닫는다. 마찬가지로 "속을 비우고 반이" 되어 그 속에 "무엇을 펴도 꽉" 차는 "박 바가지"의 이치를 "하얀 박꽃을 피우던 어머니의 꿈"이 "박 바가지에 보리쌀이 철철 넘치는/겨우 그 정도"(「박 바가지」에서)라는 사실과 연관시킨다.

조성범의 시에서 육친에 대한 그리움은 매우 뚜렷하다. 「눈, 진달래」와 같이 아버지와 어머니를 "눈으로" "꽃으로" 현시한다. 시적 화자는 "눈"을 통하여 "혼수에도 되뇌던/그 차가운" 아버지의 "한"을 환기하고 "꽃"을 통하여 "잎도 없는 가지만 만지작만지작/그 뜨거운" 어머니의 "사랑"을 느낀다. 물론 이 시편에서 "봉개 우시장"은 구체적인 경험의 장소이다. "어미 소 아직도 제 새끼 찾나 보다/저것이 다 우리들 가슴에 남으라고/꽃이 되고 눈이 되고 짐승으로 우나 보다"라는 연상작용이 매개한다. 우시장의 소와 눈과 꽃이 지금은 없는 부모에 대한 정을 소환하고 있다. 모두 시인의 신체 속에 담겨 있는 생명현상이기 때문이다. 이러한 지각은 「껍질을 까며」에서 "군고구마"와 "군밤"의 껍질을 벗기면서 "타면 탈수록 두꺼워지는 껍질" 현상을 부모의 사랑으로 받아들인다. "껍질을 까며 알았다/내 아버지의 몸이 타고/내 어머니의 가슴이 타서/우리 온전하다고". 그러니까 육친이라는 존재는 그리움의 대상이면서 생명에 대한 바른 자각과 참된 삶에 대한 인식으로 이어진다.

> 과일을 깎을 때면/칼등으로 과일을 톡! 치던 어머니/습관인 줄 알았다/무슨 연유인지 가르쳐 주지도 않고/돌아가셨는데 누가 이런 말을 한다/겨울잠에서 막 깬 동물은 죽이지 마라/막 자란 초목은 꺾지 마라/자기 발에 밟히지 않게/지팡이로 미물을 깨우던 한 스님의 도까지/그리고 칼등으로 과일을 기절시킨다는/거짓말 같은 이야기를 한다/내 어머니,/무엇을 보았기에/이마를 톡! 쳐 내 앞니를 뽑듯/사과를 대했을까 (「무엇을 보았기에」 전문)

이처럼 육친의 추억은 그 대상에 머물지 않고 사물과 생명에 대한 깊은 인식으로 동심원을 그린다. 이는 유년의 지각이 자아 축소가 아니라 자아 확장으로 변전하는 과정과 일치한다. 순수한 기억의 지속은 현재의 자아를 변화시킨다. 생명으로 현시되고 사물로 현현하는 과거의 흔적과 징후가 진정하고 참된 삶에 대한 염원으로 발전하는 양상이다. 어릴 때 보았던 어머니의 "과일을 깎을 때"의 단순한 행위가 살아 있는 사물에 대한 경외와 궁극의 도에 이르는 깨우침으로 연결된다. 이와 같은 인식의 시발, 상승과 비약을 가능하게 한 이는 어머니이다. 그러니까 어머니는 하나의 계기이기도 하고 '온 생명'의 상징이기도 하다.

유년과 육친에 대한 기억은 시작의 선후 문제를 떠나서 시인의 의식 저변을 형성하는 시편으로 나타난다고 볼 수 있다. 현재와 다른 과거가 만드는 간격이 서정의 의식 현상을 유발하는데, 이는 앞에서 보았듯이 생명에 대한 넓은 인식으로 확장된다. 생명현상, 사물의 이치, 참된 삶에 대한 자각은 유년의 순수 지각과 무연하지 않다. 같은 기대 지평에서 발원하여 자아를 확대한다. 가령 「흙의 힘」과 같은 시편이 보여주는 긍정의 힘이다. "한으로 꽉 찬 아버지/통째로 봉분을 삼켰다/잘 삭아 납작하다//삭으면 꽃도 피는지/누룩치 제비꽃 큰앵초 곱다". 재생이 아니라 생성하는 이미지의 발현이다. 생성은 지속의 시간을 의미하며 자아동일성을 부여한다.

연안 깊숙이 한류가 밀려들면/횡계리 농가는 명태가 난가리로 쌓이고/대관령 구릉은 명태 밭으로 변한다/가을걷이를 마친 농부는 덕장을 짓고/통나무 말목에 싸리나무로 아가미를 뀐/명태를 걸어 풍장을 한다/눈과 바람과 햇살에 얼었다 녹았다/육신을 버리는 담금질/한 물고기의 주검이 이처럼 굉장할 수 있다니/내가 아는 죽음과 주검/그걸 단지 한 과정의 끝이라고 여겼다면/저 수천수만 명태입이 하나도 일그러지지 않은 채/파안대소하며 허공 바다로 솟구쳐 오르는/이 마지막 의례를 풀지 못하기 때문이다/황태국 한 그릇에 기운을 차렸다는 아버지의 일기/그 보은의 뜻으로 고맙다 고맙다를/말목마다 걸어주었다 (「굉장한」 전문)

대관령 너머 횡계리 명태 덕장 이야기를 통하여 사물의 생성하는 힘을 말한다. 덕장에 걸린 명태의 '풍장'은 '마지막 의례'이지만 "한 과정의 끝"은 아니다. "하나도 일그러지지 않은 채/파안대소하며 허공 바다로 솟구쳐 오르는" 명태의 형상은 죽음을 넘어서 또 다른 생성의 바다에 이르는 과정이다. 이는 나아가서 "황태국 한 그릇에 기운을 차렸다는 아버지의 일기"에 "고맙다"는 말로 담긴다. 이 시편과 발상의

유사성을 보이는 「뿌리를 품고」는 금정산 보광암 입구에 서로 붙어사는 나무 이야기를 통하여 "늙은 어머니가 뿌리 하나를 가슴에 품고/극락왕생을 빈다 절을 나선다/붙어 있는 소나무 형상인 듯/긴 그림자가 따른다"라는 결구를 얻는다. 사물이 만드는 생명의 전이는 단순한 은유를 넘어서 생성의 가치로 상승한다. 여기에서 시인의 익숙한 시법과 만날 수 있다. 그것은 사유이다. "울산바위가 동해에서 왔다기에/처음에는 웃었는데/지금은 사유를 찾는다"(「나를 찾듯」에서)라는 진술에서 보이는 "사유"이다. 시인은 사물의 이치로 사유하고 이를 자아에 투영하는, 사물과 더불어 생성을 사유하는 시법을 선호한다.

「기대어본다」는 서로 기대어 자라는 식물의 "푸른 혼성"에 견주어 "내 것과 다르다고 어깨 한번 내어주지 않던 혼자"를 반성하면서 "내 이웃의 푸른 가슴"을 생각한다. 다가가고(「다가가기」에서), 이으며(「계보」에서) 자연과 생명이 끈으로 연결하려는(「새를 끈으로」에서) 시인의 세계관은 자연의 이치, 순리와 순응의 관계론을 지향한다. "부리고 다루고를 함께라고 할 때/들도 소도 고개를 끄덕인다/아하! 저기 하자는 대로 따라주는/대지의 응답이여/겨우 감자꽃을 얻었다"(「감자꽃을 얻다」에서)라는 구절이 말하듯이 대지에 대한 믿음을 품는다. 달리 농적(農的) 기원을 짐작하기 어렵지 않다.

줄기마다 전립을 쓰고/비나리 짝두름 오채질굿/한바탕 놀아보자/절정이다 상모를 돌리면/간월재 억새평원 백발이 눈부시다/탁한 일은 잊어라 이 한마당이 시작이다/복 있어라 놀이패 기원으로/잘 살아라 우리네 마음으로/훨훨 괭괭 씨앗이 날면/천년도 그대로 만년도 그대로/호호백발 내 산야 얼이 되어/비나리 짝두름 오채질굿/또 한번 놀아보자 (「억새밭 사물놀이」 전문)

억새밭을 사람살이에 비유하면서 "내 산야 얼"을 환기한다. 더불어서 함께 생명을 나누고 즐거움을 누리는 억새처럼 서로 이어져 한데 어울리는 공생공락(共生共樂)의 삶을 염원한다. 물론 이러한 염원은 '오래된 미래'이다. "옛날에는 짐승도 사람 같아서, 지금은 기계도 사람 같아서, 자꾸 그렇게 바뀌다 보면 이 땅이 무서워질 것만 같아서, 짐승도 사람도 한 장터에서 한 장단으로 놀던 그때가 좋더라고"(「그때가 좋아서」에서) 생각하는 상실의 마음이 있다. 하지만 이러한 상실과 부재가 오히려 시적 가치를 불러낸다. "질 때 춤을 추다니/갑자기 내 생이 환하다"(「벚꽃 지는 날」 전문)라는 아포리즘을 얻는 역설과 같은 맥락이다. 또한 "언젠가 일 없는 날이 오면/봄아! 여름아, 가을아! 겨울아,/네 슬하에 초목이 그러하듯/내 집은 새와 벌레들의 거처/같이 먹고 같이 놀고/나에게도 이슬이 맺히는/그 길을 가려고" 하는 존재론과도 연결된다. 시인의 시적 사유의 지평에 자연의 순리(「샛바람 불면」), 생명의 이치(「송장메뚜기」, 「틈」), 유기적인 관계, 삶과 죽음의 의미(「그날은」, 「무엇이 되어」)가 자리한다.

"피고 지는 이치"를 담은 「그날은」이 "소멸과 탄생"이라는 생명에 관한 시적 사유라면 「무엇이 되어」도 죽음에 이르는 존재의 시간을 잘 압축하고 있다.

> 다른 무엇이 될 수 없어/꽃은 더 많이 예쁘고/짐승은 더 많이 운다//다른 무엇이 되고 싶어/혼자 계수나무 꽃을 피우다가/어느 날 낙타를 몰았다//제 것으로 더 많이 곱지 못하고/제 것으로 더 많이 울지 못하고/길 위에서 나를 부렸다//다른 무엇이 될 수 없어/명정을 덮고/꽃을 받고 울음을 받는다 (「무엇이 되어」 전문)

도상(途上)의 존재인 인간의 삶은 다른 생명과 마찬가지로 죽음에 이르는 과정이다. 시인은 바로 이같이 하이데거의 명제를 숙고한다. 죽어가는 사물은 모든 생명체이다. 결코 피할 수 없는 죽음이 있기에 "제 것" 혹은 자기 동일성에 대한 염려를 멈출 수 없다. 시의 길은 이러한 과정이다. 「탄생」이 말하듯이 "혈통 같은 인주를 묻혀/꾹!" "족적을" 남기는 과정이다. 조성범의 시는 길 위에서 생성한다. 늙어가는 존재의 시간과 더불어 사물에 관한 사유가 깊어지고 있다. 그에게 시의 지평과 삶의 지평은 분리되지 않는다.

조성범

울산 울주군 월평에서 태어나 그곳에서 약 100일을 보내고 지금까지 부산에서 살고 있다. 현대시문학과 아동문학평론으로 등단, 시인으로 활동하고 있으며 경영과 사회공헌활동가, 생태학, 교육협동조합에 관한 일을 하였다. 현재 한국문인협회 해양문학연구위원, 부산문인협회 사무국장, 부산시인협회 회원, 현대시문학 작가회 회장으로 활동하고 있다.
문학과 관련된 상으로는 한국해양문학공모전 최우수상 · 부산문학상 대상 · 정과정문학상 · 금샘문학상 수상 외 공모전에 다수 입상하였다. 비문학상으로는 부산예총 공로상 · 시장표창 3회(부산시장 2회, 강릉시장 1회) 주요기관장 표창, 사회봉사단체상, 대통령 휘호 등을 받았다. 시집으로는 『갸우뚱』, 『달그락 쨍그랑』, 『결』, 『다음에』 외 수상 작품집과 몇 권의 공저가 있다.

다음에

초판 1쇄 발행 2021년 11월 10일

지은이 조성범
펴낸이 강수걸
기획실장 이수현
편집장 권경옥
편집 신지은 강나래 김리연 윤소희 오해은
디자인 권문경 조은비
경영지원 공여진
펴낸곳 산지니
등록 2005년 2월 7일 제333-3370000251002005000001호
주소 부산시 해운대구 수영강변대로 140 BCC 613호
전화 051-504-7070 | 팩스 051-507-7543
홈페이지 www.sanzinibook.com
전자우편 sanzini@sanzinibook.com
블로그 http://sanzinibook.tistory.com

ISBN 978-89-6545-760-2 03810

* 책값은 뒤표지에 있습니다.
* 잘못된 책은 구입하신 곳에서 교환해드립니다.
* 본 도서는 2021년 부산광역시, 부산문화재단 '지역문화예술특성화지원사업'으로 지원을 받았습니다.